活字

the living word

the living **word**

沙戈

夜书

甘肃文化出版社

沙戈，于黄河上游古渡口。

目录

静　雨

雨似乎下了一夜
但我不知道

我还不知道更多夜里发生的事——
诺曼底登陆
珍珠港偷袭
是两个词汇　也是两只猛兽

表面友善的邻邦
暗中打磨前蹄
做着斗殴前的热身

世界已被修理过了
泥瓦匠　剃头匠　铁匠　木匠……
都对它动过手脚

静雨滴答
即已大彻大悟

又如天真无邪

这个春夜　写下什么都是徒劳。

城市变黑

城市变黑
这些树木　屋檐
生物与事物

城市，在另一个阴面失去了光
人类趋于匍匐
一座大红十字架的
教堂
一闪而过……

城市变黑
基督徒　佛教徒　穆斯林
信教的　不信教的
同在一个国度
我们将它称之为：母亲

伟大母亲啊
惯于藏起粗糙的大手

不常抚摸自己的孩子

伟大母亲啊　在黑夜睡去
梦呓　偶尔停顿呼吸
那些熟睡的生命
破晓时分　有的能够醒来　有的不能

下铺的一位老者
终究不肯去睡
呆望窗外
以确保次日能从这母爱的黑幕中再次突围？

越来越少

我的话　越来越少
想见的人　越来越少
酷爱的异性和不良嗜好　越来越少
命　越来越少

地表下　岩石层　金属　矿石
黑色液体　越来越少
地表上　水草　水位　四角兽越来越少

笑容越来越少
真话越来越少
真金越来越少

宅基地越来越少
非转基因越来越少
古墓越来越少
殉情的丫鬟越来越少

存折越来越少

野心越来越少

钙　越来越少

手工作坊越来越少

非物质文化越来越少

包拯越来越少

特蕾莎越来越少

后代　越来越少

祖先　越来越少

越来越少了啊　就是越来越少

石　头

有时　它是一副心肠　冷　硬
有时　它是凶器　致人死命　有时
它是诺言与信物
——山料　籽料　带皮的赌注
偶尔跌落的陨石
暗含着财富

它还有其他美誉：彩色水晶　玛瑙
琥珀　白玉　钻石或碧玺

同时，它也是含铁的硬家伙
含铅　含铜　含磷
含着被我们享用的诸多理由

我们怎能离开这些奇异的宝物啊
我们四处刨坑
打一枪换一个地方
世代热衷此类游戏——

世代玩着地球　玩着石头
玩着命……

木　头

我的生命与木头有关。

我的爷爷是个木匠
进城开了个木器厂
雇了几十号人
奶奶管账

他们盖了三进的院子
生意兴隆
六个孩子有吃有住有学上

好光景没过多久
家产被充公
一根跌下来的木头
还夺走了爷爷的命

我本该憎恨木头
但每每看到黄花梨　金丝楠　阴沉木

都止不住血脉偾张

但是，那些树根　枯枝
倒下去的胡杨
还是会令我哭泣

我还会哭泣树冠上无助的鸟儿
藤蔓上空寂的枝条
丛林中无依无靠的风

——它们多像一个中国女人，我小脚奶奶守寡的一生！

地　图

我的脑海
生长着好多地图

黑海　死海　东西伯利亚　西西伯利亚
它们所处的位置　比邻的国度
你死我活的政治诋毁
争抢摊位的贸易纠葛
国家在商言商
国王穿上新装

我还存放了一些历史地图
它们像一个人的生老病死
从圆润肥硕到瘦骨嶙峋

就拿我们伟大首都来说
上北下南左西右东
一环一环的靶子
狙击手弹无虚发

勇士们青涩无知
多像我的从前

我是个近视眼呀
想当年射击成绩全是零弹
除了能指出地图上操练的靶场
就毫无实战能力
我是个军中废物
绣花枕头

去年　路过靶场
已变成鱼米之乡　女疯子也已死了
刚直不阿的排长　发展成了地产大亨
我脑海的地图　大大小小　高高低低
冷的热的咸的淡的
杀气腾腾的纬度线
低眉顺目的经度线
世界了然于心
国王们也是玩具
舞台就这么点大
谁掉下去　都意味着彻底失联……

当代急诊

瘾君子　倒卧急诊大厅
发作癫痫

吸毒者　飞出六楼
即刻气绝

四个酒友　杯弓蛇影
120　蓝色旋转的不是多瑙河

一个姑娘送来洗胃
她吞下了鸦片　并非安眠

姐妹俩
停尸间说说笑笑
为父亲穿上寿衣

夜色渐暗　灯火阑珊
白大褂倚住门框　点起一支烟

烟圈缭绕　轻飘飘的
他说：看着活人
　　　都像死了
　　　看见死的
　　　也像活人

白大褂弹弹烟灰：走，喝酒去！

灰飞烟灭……

半分钟沉思

我辜负了一些期待
我为活佛上师策划了一套精装佛典
却不认识里面的藏文

我还不认识阿文　法文　西班牙文
甚至不认识汉文里的许多生僻字

在汉文化的盲区下
受教育多年

长久以来
只沉溺于缓慢的思考
不太强烈的爱恨情仇
坠毁与独裁　真假乞丐
偶尔的疯狂酿成了大祸
只被轻描淡写的关注

我还羞于承认是个诗人

——当代疯子的称谓
　　每年都发生自杀

我的阿訇挚友也远走他乡
他交付于我的手稿
搁置橱中　好几年了
安拉仍在等待

我仍用大量时间
发呆　静默
说出的每一句话
都言不由衷

远　离

那些抒情的诗句
已羞于书写
那些慨叹　情怀　睹物思人
让我变得麻木
僵硬

曾经激起我的　又将我打垮
我的脑海装进了太多混沌
高尚的　低浅的
清澈澄明的　污浊不堪的

远离自己
远离当初的透亮　无知
和理想主义

究竟
哪个是我
哪个是这个世界交给我的最后果实

其实，始终迫使人闪躲的
只有一个词
我们将它称之为——

岁月！

悲与喜

——看见什么　什么就是你的。

看见死亡
死亡终将属于你

儿女　双亲
时时被你看见

城池巨大
人群慌乱　交碰着触角

你的祖上将所有钱币布满世间
你两手空空
又拥有一切

你是你的祖先　你的嫡孙
你也是你

你拥有了一切

仍不知足

与蚂蚁为伍

永不停歇　搬运草枝　果壳　和最后的小命！

归　零

因为爱　人类熬了太久！

普希金　面对迎战
卡西莫多　挣扎在巴黎
苦行僧啊　隐匿于喜马拉雅山上
我的虚弱　几近无力

绝食而亡的麻雀
集体奔跑的犀牛
它们的幼崽打着踉跄
母牛还在舔舐胎衣

我的爱　消耗殆尽
我把青春让给了暮年
我爱过的　和爱过我的
已悄然离去……

（只有在回忆中偶尔相遇

还要装作互不相识）

——在这陌生的人类　再次建立亲情

可能性

几乎为零！

夜　曲

能让我平静下来的
是隐匿天国的你

你比郎朗可信　几乎从不敲打钢琴

你的表情凝固
毫无悲喜

（——有时我会更相信死人）

你还那么年轻
比我的现在年轻
也永远比我的将来年轻

我会越活越老
前天竟想到了立遗嘱

你却抛下所有之爱——

舒曼　席勒　乔治·桑

甚至抛下缪塞和海涅
诗人和诗

虽然
你所处的时代
比我的时代还要糟糕
还要血腥　残暴　六亲不认

——而你　却是那个尘世无药可医的幸
　存者：肖邦！

寒　露

寒露那天
被风吹伤的经络
冲进一万颗小针
刺扎着我

一个人行止远郊
这北半球欧亚大陆的繁华之地
这黑暗国度干旱少雨的污染之都
有多少毒素
就有多少香氛

这儿离我的祖籍那么近
但我并未出生于此
离我的出生地那么远
却无法称之为故乡

寒露那天
一个失踪的孩子
四野找不到一个亲人……

前　生

说好的，要到十渡，在醉酒以前
在马匹还有最后一丝力气以前

无非是云水间两个沉默的浪人
你是我谦恭的君子
我是你脚踝受伤的亲人

止于水泊，饮马、繁衍
我们的女儿头发曲卷，像你的特征
鼻梁笔直，像我的

——她在这个世间
　　我是我们自己的女儿
　　如果再次被你遇见

我们就得原路返回
从两个素昧平生的路人开始……

五　月

溪水里的蝌蚪还不会鸣叫
我们就开始颤颤巍巍地穿越此生了

五月
果粒还都幼弱
我们心里的草籽，也还青涩
拾级而上，目及繁复的人间
我却视力有限
只能看到一座悬空的索桥、一个宽阔的
　渡口　和
我们狭窄的归路

——只有这些，我只要这些
我不要这个春天以外的，虽然
它们都会接踵而来，拎着硬硬的果核
我　只做我们自己的果实

别后

这些蕨麻　百合　枸杞子
是为重逢预备的
这些草甸下　泥土里　灌木枝上缓慢存活的
　生物
比夜里最后一盏油灯还要韧性
比夜漫长的命
煨着文火
让我的身体微热　恒久　而平易

越过焦虑　期待
聒噪的心也冒着半潮的青烟
——什么会让这盆火着得更旺
　　或者突然中毒？

那一刻便显得不那么激越　不显山露水
带上蕨麻　百合和枸杞
小心翼翼扶紧自己的影子　和它们
憔悴的主人……

茶　道

初春
学会采摘明前茶
时间再靠前些
学会辨认女儿红
像是一边剔除岁月里的杂芜
一边扶住怯懦的即将变成小小幸福的苦枝

我是个笨拙之人
来梅家坞之前　终是不懂
时节瞬间的分量
这分量
哪轻得过一生错失的重

冬　至

自殷周时起
岁终之日一过
就到冬至了

那时，冬至大如年
黑夜最长的一天
有人开始用素墨画梅

一天一朵
九九八十一天
八十一朵梅花
就画得春暖花开了

此刻
我们的耳朵和身体是脆弱的
精神和内心是怕冷的

——为了能够相互取暖，我们仍然默默活着

被爱的目光镀过金的日子

坐在自己的左边或右边
表情愈发平和
正是往更深处坚持自己

守着被爱的目光镀过金的日子
伴随自己的越来越少
而剩下的
才是唯一的

三九天

她　在窗前站着
雪　还在飘

一个影子仍未出现
爱情还在降温

小水珠耗尽了抓住什么的力气
从玻璃上
纷纷滑落下来

舔一舔
真咸

一　年

一整天，她都坐在这间屋子里
一整天，她的腿很疼，双膝冰凉

没有止疼药
没有治膝盖的药
窗外阴云一层压过一层
压向她的膝盖

她感到骨头的牙　咬住另一些阴天
紧紧地　不松口
从去年咬到今年……

多么难得的早晨

多么难得的早晨
没有在这一天穿行的具体目的
像一列行驶在途中的火车
喘着粗气

发一阵呆或打一个盹
拿起了书又放下
看着窗外静止的景色
我是它们中哪一条枝桠
正一点点
被时间的刀子　细细
刻上伤疤

黑　夜

我爱你　黑夜
爱人回到爱人身边
不说话　不说爱
一天　一天　一天

黑夜　点亮一根蜡烛
照着夜路

我爱你　夜路
蜡烛燃尽了
天　还没亮

一粒沙

夜深处
岁月皱褶里，落下一粒沙

缓慢地落
疼痛地落
在想念一个人的疤痕上
落

黑暗递不出一盏灯
你牵着我，走不完夜路
一粒沙，在月亮的背面
化作一颗你身体某处秘密的痣

4 月 18 日

一年的光景
像一页纸那么薄脆
一年一年　如同一页页有着字迹
的书页

掀开某一页
停了停
在某一行
停了停
越过一行字　不比
完成一件大事更为简单

冬天的末梢

背对春天
在冬天的末梢打了个趔趄

闭上眼睛
倾听树枝里血管的尖叫
小草含而未露的秘密

春天啊，作为谁的情人
等待我交出最初的嫩芽

清　明

一场透雨，雾霭迷离
这在西北很少有
在挎着花篮的母亲河边
很少有

迎春花和梨花颤颤巍巍
刚伸出胳膊的小草颤颤巍巍
——谁愿意用过分的怜惜
　　碰那清清冷冷的小处女呢

春天的初潮
让季节紧接着发育、怀孕、生产吧
让早已结成果核的姥姥，看着我们
周身泛出苹果的光芒

时间之外

在春天的清晨
读一首诗
脚下的草坪已被园丁铲去
种上了今年的花朵
一个老人向右挪了挪
给我让出了一点位子

我们坐在时间之外
她已经被时间遗弃了
而我，提早出了门
还没有进入时间

我们做着没人做的事——
我在读诗，她
不停地摇着头

蓝　色

一朵蓝色小花
一千年后
开了

我在一千年前
看了她一眼

一朵绽开的秘密
藏在一个灵魂的柔软处

一只手抚过此时
此时，已是过去
而更多的
它停在将来

油菜花

鬓间插花的女儿
花苞里的粉
花瓣中的露
只有鹰才能偷窥

油菜花
只有湖水的蓝和飘动的经幡
才能匹配她的娇艳

是迅即蔓延的太阳的光斑
承接雷电的温柔的手

一颗紫色的痣
一粒高原上偶尔出现的标点

油菜花
在土里拼命追赶着时间

我的 1977

那时，还没老
没结过婚也没生育
没有千里迢迢赶去爱谁
没有被谁爱
没抛弃过谁或被谁抛弃
没有言而无信
没收到过纸条
没有幻想
没有梦
没经历初潮
没必要惊慌，乳房扁平，身体瘦小
没有多好看
内心安静
一切，尚未发生

蜗　牛

卧在上铺，路途遥远
她必须穿过甘肃、陕西、河南、河北
才能到达目的地
她必须穿过渭南、甘谷、武山、天水
才能抵达下一个省
她必须穿过木柴堡隧道、魏家磨隧道、
　磐安镇隧道
才能从黄土高原下降到华北平原

一只卧在上铺的蜗牛
在浩渺山河间，缓缓挪动
这只爬行动物
必须从秦都爬到商都
才能渐渐接近京都

她不去进京赶考
也不去哭倒长城
只想爬到城门外
挖掘一根祖先的白骨

红螺寺

没见到僧人
僧人在云端
离尘世稍远

我们在山脚　拾级而上
歇息时
可以点燃一支烟
慢慢回顾
过去的时光葬送了什么

走在苔藓上
被雾气包裹
不说话
不说之乎者也的文言文
不哭哭啼啼地去葬花
不长吁短叹地去赶考
不我住长江头君住长江尾

——我们只是　相互饮用的

一江水

印象山庄

深冬，枯落的枝叶被一再地掀翻
那些人的喧哗　尖叫
隔着玻璃窗
我们离开这些
走进灰褐色的山中，深浅不一的山路
通向山顶或林子的那边
我们一转身
就能看到对面黑黢黢的峰峦
和立在我们脚跟的一株果树
此刻，它既疲惫又骄傲
沉默寡言　瘦骨嶙峋
可是，我听见，它暗中的血
比我们所经历的忧伤和激情
还要饱满　潮湿　和
汹涌

大榛峪

温暖的柴草　坍塌的垣
皱纹的夫妻燃了炊烟

无名的啾啼犬吠声
一弯初月扎在心尖

江米粘连城墙的砖啊
水的刀子切断时间

豁口生出百年的树
树根下掩埋着几具白骨

萧萧冷风笛声惨
偶尔的晴天，晾晒另一片世间

两个恋人入梦了
半颗星星移走了

比黑夜更能抵达黑夜的

是那一爿微弱的爱……

边　墙

那是 1368 年
元人北归　屡谋兴复
从鸭绿江至山海关
绵延 12700 余里的高墙深池
高筑墙　广积粮　缓称王的明太祖
抽空打了一个盹

这是 2008 年
阳历一月
冬雪积攒在阴面的角落
怀柔云岭镇大榛峪村村民陈建设出门剪树杈

他扛着自制剪刀
骄傲地走在一亩三分地里
那里有他的栗子树、核桃树、梨树

陈建设没有姑息迁就
扔掉绊在他脚下的一块墙砖

爬上栗子树

正打盹的明太祖，被那块砖震醒了
倏地立起
大声喝道：快快！再垒一重！再垒一重！

易　水

这潭水　至今仍在
没有割据　没有血腥
四平八稳
缄默着
我们将它称之为　江山

——我爷爷却说：
“其实，江山不用打
它一直都在！”

宋代肖金塔

我呆呆地望着
上千只燕子
围绕着肖金塔　急促地飞

我安静的内心和燕子的对比更阔大了
坐在塔下
宋代的阳光刺痛了我的脸

燕子啊
不断发出古汉语般的鸣叫
我想纠正什么
是一株被风吹弯的麦子　还是
固执地举着鸟巢的树的身影
其实
我想纠正的
只是塔身上一块松动的
砖

董志塬一瞥

风　祈祷着
孩子一般高的玉米
摇摇摆摆地诵着经

树上的绿叶，是谁许下的愿
另一个季节的谜底又是多么耐心的等待

不见农人　只见
一只反刍的老牛
从生活的底部抬起了沉重的头

翻过的土地

让我流出疲惫的泪
让我的喧哗潜入梦境

让我从遗漏的谷粒里
找回一双温存的目光
扶住秋日的影子，涌出感激

让我把汗滴交还给身体
让我听到均匀的呼吸

让我翻动一下身子，睡去
让我为下一次生育
积攒些力气

让我在家门外
固执地　用整个冬天
等你

甘南的星星

这些反光的事物
被夜空磨碎的岩石
黑夜　还揉碎了
一颗孤寂的心

我不敢再往深处走了
那些隐藏的闪电
星星与星星炙热的爱
让我却步

我不敢
离水太近
那是岩石流下的泪啊
哗啦哗啦
像要弄疼我的心

我不敢
再看星星的眼睛

那眼神太像牛的　羊的　以及
陡壁上那只蹲着的
鹰的

寻找天葬台的路上

寻找天葬台的路上
走错了三次
像在活着的路上
走错的三次

一只遗落的鞋子　引领我
找到那里
其实　通往那里的正道
一直躺着　等我走
我却在来世
才发现它

看见了路
一切已晚了　我已经
费尽全部气力
走过了一生

鹫鹰准备着掏空一个人的灵魂

我准备着

小心翼翼　走完

回去的路

狼岔村

进入祖国最陡的村落
也是最高的
狼岔村　不属于人间
至今仍以石头表决

雨季抵达
灵魂干枯
雨水洗刷的瓦顶　亮着佛光

部落长湿漉漉的大手
女人们清洌的目光
我都没有
我有的　是两手干燥　双眸浑黄

跨进佛堂　一阵眩晕
伴着恐高
轻飘飘的　貌似就要起飞

长宁驿

我必须来自丁字路口的一横
必须拐入丁字路口的一竖
必须在横与竖的交接处　饮马　打尖
抖落尘土
在两个时辰的夜路面前　必须
架起木柴
取暖　喝茶　想念故人
三两盅烧酒
一半颗星宿
马丑子焦虑的眼神
木柴疲惫的灰
我空洞的内心　比夜还黑
比将要穿过的村落
还要冰凉

张家川北坡

玉米
绿玉米
怀孕的绿玉米
多子多福的绿玉米
绿头巾裹住头发的绿玉米
哲合忍耶的绿玉米
今年风调雨顺
从此不再受苦的绿玉米

羊

我见过那么多只羊
长相无一重样

在青海　在果洛
在新疆　在鄯善
在内蒙　在克什克腾
在甘肃　在玛曲

不同族群
不同的祈祷与诵经
不同的宰牲与图腾

那么多只羊　那么多碧绿的草地
马匹和新生儿

那么多迁徙
转场　星云变幻

牧羊人
内心火热
却一生冷峻

额吉　腰间挂着奶桶
是他皱纹的母亲

还有那么多转经轮
飘动的经幡

天似穹庐啊
一场巨大的繁衍
越来越小
越来越小
小的只剩一只羊

——我苦命的同类！

在大雨中赶往陇南

从我栖息的城市
到原始人曾经居住的陇南
大约需要六千年时间

七月了
麦子已经割了
大雨淋着时间上逆行的我

我开始渐渐倒退着接近作物、动物
开始积极地猎食、繁衍
吹亮火种
裸露着上半身
击掌、欢叫
为下一次生育做好准备
不必思考战争危机和环保问题
不必接受高等教育
不写诗
回到当初的岩穴
回到家

永泰龟城

这座城池
形状还在　后裔还在

牧羊的汉子
武侠人物般
冷峻　寡淡　穷困潦倒

缠足的祖母
守住老宅
——古时嫁错了相公的闺秀
服帖的　认了命

自谋生路的后裔　散落在另一个朝代
怀揣先辈武将微弱的光环
与羊皮

……

这时间丢弃的粗布

终究抹不清真相

只剩一具干枯躯壳的空洞！

渭　源

我们找到了水源
找到了粮食和蔬菜

我们用三块石头垒起灶台
趁着夜色
捡拾柴草　钻木取火
烧烤没有佐料的肉食

男人去河里捕鱼
女人围着灶火　渐渐唱着

河水被月亮照亮
——一面被磨了千年的镜子

如今　这面镜子却老了
有些混浊
露出了河床的牙齿
还露出了伯夷和叔齐[①]愈发消瘦的骨头

注①：伯夷、叔齐：商朝末期孤竹国王子，周武王灭商后，他们隐居首阳山（今甘肃渭源），最终不食周粟而亡。

毕克齐

一个小站
呼和浩特草原上的一颗沙粒
火车将它甩在转瞬即逝的地方
甩在玉米地和麦地里
甩在一头奶牛缓慢又坚定地寻觅着
　遗漏的麦粒中　甩在
　几只瘦羊的树下

毕克齐
风一吹　迷了我的眼睛
尔后
就在人世间消失了

郎木寺天葬台

那一年　又在郎木寺游荡
山花烂漫
小马蜂　紫蝴蝶　嗷嗷叫着
黄太阳炸裂在头顶
地面出现了遗留物
手套　绳索　半只裤管
还有深邃的车辙

一只干瘪的手臂
拦在我的脚边
半握着拳头　挥向虚无
松枝上打盹的苍鹰　合上了大氅
我快速移动　无论攀登还是下行
已看到了经幡
休眠的利器　静候于万物之顶端
一个正在思想的头骨
目光炯炯

——我的双膝酸软
呼吸急促
踟蹰的步伐　变得多么羞愧！

雨夜长安

不，它不叫长安
叫西安
可我还是愿意叫它长安
这是它的本名，也是它的气质

那些雨里奔跑的汽车
多像春秋战国驰骋疆场的战马
马灯闪闪烁烁
厮杀　牺牲　重建　复兴
才像它本身

夜里抵达长安
这座城池更像两千多年前的样子
庞大笨拙地埋在地下或露在地面
只是，那些战后的倦怠　辉煌时的雍容
已被另一个朝代的雨水打湿了

西夏旷野

蒿草紧紧抓住地面
是怕被风吹走?

农人躬身劳作
比蒿草高不出太多

紧紧抓住地面的　除了草木
和风吹草低的牛羊
就再也没有什么了

偶尔闪现的灵光
——西夏王陵的眼睛
辨认着火车里发呆的人

那些光点　一晃
就不见了
把我重新送回到拥挤黑暗的一天

火车逆着黄河开

火车逆着黄河
一直是慢上坡

火车喘着粗气
一点一点爬过沟壑、庄稼
一排老实巴交的土坯房

火车把一只发呆的犏牛甩在枯草地里
一群稀稀落落体毛灰黑的羊
一动不动

火车逆着黄河
开进一条悠长的隧道
有人撞在门框上，撞疼了胳膊

火车——
已经钻进地球的皮肤了！

火车又突然钻了出来

火车顺着自己的方向

头也不回

像一根针——一根外科大夫的针

穿进穿出

缝合着高原的伤口

黄河，逆着伤口

——这条止不住的血

向东流哟……

天空牧场

星星
天空牧场盛放的野花
在伊犁夜空传递着花粉
爱情的秘密　一闪而过
我坐的车　一闪而过
驿站仍远
不见灯火
我很孤独，也很激动
我看见一些头戴白帽、身穿白袍的穆斯林
　男人
在旷野的牧场边
向着远方　肃穆祈祷
这是星期五　也是主麻日
西天细眉般的柔月像一只精巧的信封
当夜空将来自大地的消息传得更远
我的心便和自己贴得更近了

在这遥远的布尔津

亲爱的，我多想你
在这遥远的布尔津
天色渐暗
七匹棕马缓步走过
一抬头
就看见了一只盘旋的鹰
还有那只慵懒的奶牛　斜乜着一个异地女子
——我在它眼里是怎样的呢?
它目光深邃、不露锋芒、一副不屑的样子
这样很好
我宁肯在它眼里渺小些，实际上
我的确比它渺小
它能用自己的奶喂养一家人
它是被人依赖的
我却不能
亲爱的，我多羡慕它
要知道
被人依赖着是多么幸福

一只牛

一只牛站在道路中央
纹丝不动
它气度不凡、处变不惊
对人的不屑与藐视让我钦佩
艾塞孜在它面前停下了车
恭敬地等它缓缓走过
我在沉默
内心安静

苍穹辽远
那只牛始终没看我一眼
——这是个多么微小的事件　而我
却不这么看

独坐交河故城

这些喧哗是从我身后的墙缝中传出的吗
一匹马在嘶鸣
寺院正在诵经
手工作坊叮当击打着　甚至
官署里正高声宣判的一宗疑案
我也能听到
一股微风吹来三千年前的呼吸
在这车师前国交河故城——
一座巨大的废墟
有多么安静就有多么沸腾
时间，沉没着沧桑
我在这里独坐
犹如时间的一个小小逗号——

胡同名

砖塔胡同　总布胡同

无量大人胡同　三保老爹胡同

九道弯胡同　小喇叭胡同

姚铸锅胡同　汪纸马胡同

沙锅刘胡同　豆腐陈胡同

宋姑娘胡同　张皇亲胡同

汪太医胡同　张秃子胡同

小羊圈胡同　狗尾巴胡同

羊肉胡同　驴肉胡同

生肉胡同　熟肉胡同

鸡爪胡同　干鱼胡同

背阴儿胡同　闷葫芦罐儿胡同

耳朵眼儿胡同　头发丝儿胡同

一尺大街　烟袋斜街

粉房琉璃街　唐洗泊街

王寡妇斜街　杨梅竹斜街

油炸鬼胡同　屎壳郎胡同

臭皮胡同　蝎子庙胡同

东绒线胡同　西绒线胡同

裤子胡同　裤腿胡同

烟筒胡同　汤锅胡同

大羊尾巴胡同　小羊尾巴胡同

大哑巴胡同　小哑巴胡同

嘴巴胡同　胳膊胡同

大脚胡同　小脚胡同

灯草胡同　心尖胡同

煤渣胡同　干面胡同

……

三千六百条胡同

老的老

死的死

败家子儿们剃了阴阳头　正游街呢

拜把子兄弟分崩离析

提笼架鸟的公子哥儿

支起小摊卖烤白薯

大公主小福晋

活下来的当了居委会主任

活不下来的，张开翅膀，飞进了护城河……

胡同故事

砖塔胡同，北京最古老的胡同
九百多年了，元朝就叫这名儿
现在还叫
总布胡同，住过许多名人
三百年前，清朝“铁帽子王”多尔衮
居于此
这里，名人故居多
朱启钤、蔡元培、班禅、史良、沈从文、
　曹汝霖
先后在此居住
当年的拴马桩、下马石依稀可见
无量大人胡同，明太祖手下大将吴良宅第
三保老爹胡同，三保太监郑和居所
九道弯胡同，曲曲弯弯，容易迷路
小喇叭胡同，仅有 58 厘米
一个胖些的人侧着身也过不去
姚铸锅胡同，姓姚的，铸锅手艺好
汪纸马胡同，明朝时

制作祭祀糊纸马店铺一条街
沙锅刘胡同、豆腐陈胡同以此类推顾名思义
就猜个八九不离十
小羊圈胡同，正红旗的老舍出生地
那时，他叫庆春
出生那天是腊月二十三，农历小年
起名庆春
一尺大街，是它的长度
却偏偏叫做大街
唐洗泊胡同，有个姓唐的洗布帛的
烟袋斜街，在后海背后
如今林立着酒吧
穿梭往来蹬三轮的祥子
叮叮当当拉着洋人
篷布上歪扭地写着：喂走串胡同去
大哑巴胡同，当然住着个大哑巴
小哑巴胡同，不一定住着个小哑巴
俩哑巴见面打着忙乱的手语：
　大脚胡同的女人不如小脚胡同的女人
　脚包得小
　现在还没嫁出去呢！
那么，煤渣胡同的就黑
干面胡同的就白了　嘿！

北京人

再往上，都叫北京猿人

古　刹

正午　宁静
三百株丁香　微紫　浅黄
考取进士的女真人掩卷长思
佛经善本封存已久——
西夏文　回鹘文　蒙文　藏文
从一个叫智灯的和尚口中
　接连诵出

老住持被搀扶着在后院蹒跚
来自南方的清秀和尚
坐在廊檐下

居士、信徒渐次而入
迎候海灯法师

时间：2005 年 8 月 31 日
地点：北京法源寺

国子监

秋雨淋湿了草木
也淋湿了我的面颊与双肩

葱茏的柏树
寂静　迷蒙
灰瓦捎带一抹浅显易懂的蓝

谁在翻书　走动
谁的空椅无依无靠

一棵树下落满红果
那是进京赶考的学子
变为金科状元?

我还是绕道而行
没有进去
那里已装不下我胸膛里的念想
和　世间所有的是是非非

下午坐在地坛

来地坛看看
看看那些老树
长了三百年了
身体因为疼痛
生出了怪异的树结
像是人身体里的包块

坐在侧柏树下
今日风声有力
一阵一阵穿过树丛

坐了很久
想等那两个风雨无阻的老夫妻
牵着手逆时针从园中穿过
想听到南墙角传来那个小伙子的歌声
想遇见那个漂亮的但却有智障的女孩

我坐着

等了一下午

他们都没有来

那个坐着轮椅　名叫史铁生的青年

也再没有来过

潭柘寺

这样的寺院
劈柴　打扫
这样的寺院
静坐　诵经……

吃斋的　念佛的
守卫香火的

银杏　古柏
靠山面水的龙脉

佛门清净
女人免进
一千七百年了
这里的道行越来越深
而女人的欲望
却丝毫没有减轻！

尘埃里

好几次，失去信心
想打退堂鼓
而地图上确切地标着——齐白石故居
继续走
在一条宽阔平整的路上
一面是国家教育部
一面是塞特商城
我要继续走
即使，先生宅第混杂于闹市
或面目全非
我要继续走啊
不受崭新建筑的干扰
不被高速行驶的轿车左右
不再羡慕摆着各种优美姿势的
　漂亮模特
是的，我已到了不会轻易改变主意的年龄
还是要继续走
找到时光尘埃里

所剩无几的

一粒金子

午　门

到了午门，要收门票
我不想买门票
也不想再往里走

住在这儿的国旗护卫队正在训练
他们肩上扛着刺刀枪
整齐划一地踢正步

他们的靴子
跺在地上铿锵有力
在明朝或者清朝
宫廷护卫队也住在这里
那时，还没有国旗和刺刀枪
没有皮靴和大檐帽
那时用的是飞镖、铡刀
和飞檐走壁的轻功

几百年过去了

我要看看

他们练出了什么真本事

净心莲

一个素食斋，在背街的一隅
青笋、莴苣
菠萝、西芹

穿绸布装的居士
露天桌子
桌面上撑起的油纸伞

佛坐下来了
菜单被打开
深山里的寺门被打开

来吧
我们念经
我们敲钟
让我们吐出世俗的骨头，卓尔不群

在铁轨边

没有什么　比卧在铁轨边
更容易唤起遐想

尘埃飘扬起来　不用看
那是开往海拉尔或滦平的

轻轨也和它并列驶过
迥异的命运和前程如同决赛后的冠亚军

铁轨一侧，男人们遛大狗女人们遛小狗
我急匆匆拎着啤酒回家，想把自己灌醉

尔后，在九月的初秋
患上一种莫名的疾病

伴随疼痛和药罐
怀有毒素的一上一下的呻吟

和隐秘的身份——在铁轨边
时间被磁铁带走　白天覆盖了黑夜

我从梦里醒来
又一次恢复了我的微笑与绝情

去了趟商朝

火车倒退着开往商朝
背对着时间　怒吼着
冲向中原

看不见大禹治水　女娲补天
天空　作物和先民

庄稼收割了
玉米秆遗弃在田间
干枯的叶子脆黄地扭曲着
即将被焚烧

地里没有农人
他们外出打工了
留下年老体弱的和年幼无知的
守着土地和猎物、一点种子、几只家禽、
　一束
一吹就灭了的火光

我甚至没有见到牲畜
它们还没有繁衍？
没被进化？
没有被人类套上嚼子
开始轮回的苦难？

街　边

剃头匠点着一根烟
坐在树荫下

他看着过往行人
养神、咳嗽
吹一吹手动推子

一只水壶　一个脸盆　一块肥皂
他度过了一天

剃头匠在树荫下　十年了
岁月教会他做一件事
他就把这一件事
慢慢　还给岁月

一　隅

有些昏暗，但不潮湿
这儿比哪儿都温暖

卸下劳顿一天的心
或刚睁开眼
重新拾起了心
这儿，比哪儿都诚实

没有比爱什么更爱这儿了
把爱　一点点收得更小更小
这儿，比哪儿都宽容

那么自然，那么
深情抑郁和疲惫
这儿
比哪儿都美

低　处

比我的身体还旧的心情
在角落的椅子上落了些新灰

那面镜子还在墙上注视着我
它的表情　比我的
还要迟疑

让我　踮起脚　在生活的高度
亲吻每一个日子冷酷的嘴唇

暗夜赶往晨曦的路上

暗夜赶往晨曦的路上
梦想一点点靠近现实
有人在梦里吐出谎言
有人对镜贴花黄
有人行色匆匆

风　走在路上
只有思想
没有形状

我的房子

有一根针一根线
一些书籍一把雨伞
一张唱片有关蓝调
一条走廊窄过我的胸襟
一幅窗帘遮掩我的阴暗面
一把木梳
一把木扇
一张发黄的老照片
金色的篮子挂在门后
里尔克已进入睡眠
他的幸运大于我的
他的不幸大于我的
晚安

南城根前街 22 号

蜘蛛打下最后一个结
也睡了

我梦里的网
此时，比地面高些
比天空低些　比生活
稍远一些

一个敏锐的潜伏者
怀着满腹的隐忍
还在悄悄吐丝

波　兰

写下这个国名
就搁下了笔

……

有时，美妙的名称并不意味着美好
被环抱的　也并不一定是温热的胸膛

留小胡子的矮个男人　只有自绝
肖邦弹奏着夜曲
居里夫人裙裾逶迤
哥白尼　摧垮的不仅是唯心主义

我所记住的
也不仅仅是它的伟大与传奇

穿条纹服的犹太生灵
阴森森的 600 万具尸体

波兰——有着大开大合的悲伤

地狱对天堂最后的忏悔……

空玻璃

窗户空空荡荡
玻璃不知去向
房屋黑洞一般
房主不知去向
时间停滞下来
领袖不知去向

一只铁锅，一把铁勺
遗弃在草丛
热血奔涌的年轻人，已经年老
懵懂的儿童
步入中年
背着大锅饭耀眼光环的时代
悄然失色
另一个光鲜的
顶着 GDP 桂冠的艳星
泛出熠熠紫光……

一棵老树

这棵上百年的老树
在海岛南部热带雨林　锈迹斑斑
它的底部已经塌陷了
根须裸露在外
它用半个身体活着
黯哑　扭曲　怪异嶙峋
我犹豫着　想和它合个影
但我没有
我踌躇着走开了
放弃了这一浅薄之举……

红宝书

上山时走错山道
误入一片浓荫区域
几幢灰色楼房
矮小　方正
像红宝书
有小小的阳台
有球场　但没有球门
有人居住　但没有人
旧苔藓爬满旧墙壁　树荫下
有小小的菜地
和几只上个世纪的母鸡

——这片静谧的社会主义公有制
我看见
小小的一个人　站在阳台
没有表情　一动不动
像一尊蜡像

黎　民

这里像是越南
人的体貌到语言
平头绿皮三轮车
尖顶草帽　都像是越南

但这里的确是伟大祖国的一部分
号称国际旅游岛
虽然，它比越南更南
比金边还边
比我想象的　还要原始

黝黑的原住民对外来者
目光抵触　也曾擦枪走火
卖菜的婆婆
耳聋　眼瞎
几乎不会算账

大不列颠登上美洲大陆

澳洲土著　纽新兰土著　所有岛屿的土著
和这个婆婆多么相似
一面节节败退一面打着手势

我问婆婆：这把青菜多少钱？
她伸出四根树根般的手指！

祖　母

这是 2004 年，秋天，空气金黄
我去看我的祖母

这是华北平原，玉米地
饱满的包谷敬畏着大地

这是遵化县平安城东门庄
树叶已经变黄
但还没有为世间洒下金币

我要去看我的祖母

我还没有找到她
还没有找到那片杨树林
还没有拨开树林背后的风
碰到被风运送过来的浮土
还没有看到浮土下面一层又一层的尘土
和尘土下面，藏着的
祖母

沈白玉琴

1

她正跪在地上用半块残砖
给院里的杏树围上树坑
像为自己八十三岁的年纪　堵上缺口
房檐滴下了水
她坐在窗花背面　望着雨
一个人的一生多么需要湿漉漉的抚摸啊
当她望着第八个重孙
已不能依次叫出前七个的名字了
该遗忘的太多　该记住的更多
粽子般的小脚
准确地踩到菜窖内壁的小坑上
一阶一阶下到底
站在日子实处　始终
记得那里的白菜还有几棵　洋芋
还剩几个
我偶尔会给洋芋里混杂上石头
她切洋芋时会卷了刀刃

就绕着杏树追着打我
可怎么能追上我呢
她脱掉鞋子　躺下　再也不追了

那个冬天，她终于找回了自己的丈夫
那个冬天，我开始试着觉悟人生
知道　生命其实是脱掉最后一双鞋
让路躺在原来的地方

2

她爱惜这座房子
爱惜房顶上每一根干裂疏松的椽子
被雨水渗透的顶棚
她爱惜密封不严的古式方格木窗
被风刮响的声音
木窗上褪了色的窗花
金鸡报晓　双鱼戏珠
她爱惜
硬硬的火炕烫着骨头的滋味
炕上高大的木柜是丈夫生前打制的
已经陪了她五十年
渐渐泛出的油光
像丈夫额头渗出的汗

丈夫没忘记给木柜配上精致的铜锁

一拉抽屉　叮叮当当地响

这时

她就会坐在炕上

握着颤抖的针线

为新出生的重孙

缝制小小的棉袄

莲　莲

那个生养了五个孩子
前四个是死去前夫的
第五个是瘫痪丈夫的
女人
是莲莲

那个上半辈子总拎着被褥　铁饭盒
一路躲闪熟人　探视牢狱里四个儿子
卑躬屈膝的女人
是莲莲

那个唯一的女儿　十八岁服毒自杀
红苹果一般少女的母亲
是莲莲

那个美艳白净　一辈子画着精致眉毛
不敢大声说话　怕一张口就会被风吹跑了
的属羊的女人

是莲莲

那个下岗女工　被时间丢弃在高楼夹缝
逼仄平房里慢慢死去的
是莲莲

智　灯

智灯是北京法源寺的一个和尚
我没见过他

我是从法源寺里的一块小黑板上
认识这个名字的
还有源律　静贤　慈真

那个静坐檐下
带着银丝眼镜下围棋的小伙子
就是智灯?

端着木盆
刚从后院沐浴完毕的清秀小生
正是源律?

两个身穿灰色布衣，打了绑腿
悠然捡拾落英的
姑且是静贤和慈真吧

寺里静极
一只硬梨从树上跌下
我踯躅的脚步踏碎了落叶

——让我好好想想
我还曾经弄碎过什么？

问世间

这个老人
迟缓地走在巷道里
或者坐在背阴的地方
像这个慌慌张张的时代
随手丢弃的垃圾

如果，很长时间没有看到他
不必担心
这个老人，还活着
只是腰躬得更深了
在人世的边缘
缓慢地打着问号

罪　人

六十五岁的母亲
刚刚死去儿子
被丈夫打骂四十年
年轻时　跟一个村民私奔
在乡间遭人唾弃

六十五岁的母亲
每天昏睡十七小时
这种病
俗名　睡美人
学名　嗜睡症

丈夫束手无策
打不得　骂不得
必须赡养这个活死人
否则，他也犯法

他为什么睡在路上

他为什么不睡在工棚里
要睡在路上
40 度三伏天
睡在工棚的工友都好好的
晃里晃荡的风扇
砖头垫起的通铺
溽热和污浊　一排排　赤身裸体
都好好的
为什么他不睡在工棚里

工友说管吃管住　还有工钱
可他偏要跑出去睡在路上
要不是跑出去睡在路上
能被夜里的大货车碾碎吗？

一个人的时候

一个人的时候
时间暂且停顿下来
她需要被它眷顾　也要
眷顾于它

事实上
她内心并没有涌动什么
没有抽丝般将往事拉到月光下
摊开

谁不愿意现有的日子
就要花大把力气　把自己
从一处搬到另一处
像那些连夜搬家的人
丢下了骨头里的时光

我们在世间用心走着

我们在世间用心走着
走着走着
有些人就走远了
有些人　还在原地走着

走不远的人
开始学着注视脚下的生活
当他刚刚预备热爱什么的时候
天　已经黑了

大雨滂沱

大雨，追赶着我们的归途
世界抛弃的婴儿，湿淋淋地，看不清道路

这渺茫的世间
还会泼下怎样的未知

大雨倾盆，一点一点的，我们降低了速度
降低了对人世间的期待

我们在世界的边缘，耐心等待
哗哗的雨和匆匆赶路的身影
与我们的情形如此相似
又如此陌生

所以，我们才从容
面对霹雳的雷声，没有惊异，没有失去勇气
和上天赐给我们的最后一丝
爱的力气

发　现

你将远离，我还在原地
拾捡柴草，堆砌巢穴
静如处子
静如　落下来　沤成粉末的枝叶
冰凉地掩埋　很低　很深　但不疼痛
哦……这潮濡的大地
贴向我的后背，如同你卯时带给我的安慰
那些山竹、红毛丹和丰沛的芒果
从天涯海角，到了北方，它们的颜色
是最初的吗
本身的香味，和积攒的情欲
那么闷热、不安
它们一点点柔软　即将发酵

……这个午后
独自醉了
我的房间
像个空洞

随　笔

我需要的不多
一点安慰，一点大气层中无形的气体
也是无色的
和我低温的左乳　穿越此夜

你的声音也是无形的
停在我的岸边
有了水的形状　但并不将我淹没

四面环水　坐拥孤岛
写下几行字
但并不叫做诗歌

失踪的人

失踪的人
多年后
再次出现

失踪的人
从未失踪
惊蛰　谷雨　更迭的节气
都还在
都还穿梭于相互映衬的谜团里

藏起希望的种子
如果　明天就开花
如果　迟迟不发芽
都会令人不安

——一个人
需要隐藏多少秘密
才能走完整个一生！

昆　虫

可以睡去　不庆贺　不欢愉
只是睡去　偶尔产卵　枕着自己……

我要用毛笔写一封信

我要用毛笔写一封信
用狼毫
竖写　自右至左

我要用草纸——能看到粗粝的小小草节的纸
还有红色细条
用来划分我的段落和情绪

我要燃起烛台
在黄昏来临之际缓慢地写这封信

地名有限
沉甸甸地跌在纸面
我的表达就缺乏形容词或名词
动词也几乎没有

门外喷着响鼻的八百里快骑不停磨打前蹄
我要连夜把信发出去

第一道驿站第二道驿站第三第四第五道驿站

我要款款收尾

急急蜡封

我要连夜把信发出去

夜　书

夜晚还在继续，冷艳得扑朔迷离
你在同一个夜晚
与我遥不可及。你却是归来的
带着剪纸、窗花和一根蜡烛
黑色布衣
又使你掩埋了一半。你用另一半身体
加深夜的墨汁

一大瓶墨汁啊
大半个地球的容器
我坐着，夜就不走，我睡着了
它才不知不觉地发亮
在梦里，我听到排箫忧郁地飘
在梦里，两次遇见你
在梦里，你是个陌生人
立于水泊
向我打探去路与里程
尔后，拱手作揖，谦恭地离去。

金　牙

在郎木寺遇到金牙
是十年以前。

他曾给我让出半尺阴凉
情愿与不情愿地
露出了金牙

我靠向他　侧卧路旁
侧卧在他的黑氆氇上

他不看我
羞涩难耐
始终望着天空中盘旋的鹰　和草地上静
　默的羊

十年了　我一直在找他
我与他素不相识
甚至没说过一句话

他不懂汉语　我是个藏文文盲

我也拜托过挚友
看看郎木寺还有没有金牙
他们都说，哪有金牙，你痴心妄想——

那么，我的幻觉，也不知了去向？
以至于
这首诗
停了十年
至今　无法结尾

火柴的诗

在春天开始写诗。在颤颤巍巍的春天
若还残存诗情
那是我最后的血

整个冬天我都用来冬眠
积蓄热量　找寻柴草
第一根木柴用来点燃，第二根
用以取暖
第三根是熄灭的灰

这个春天　我手里的火柴
这根含磷的易燃物
有点变形，不易点燃，有微微的热度……

病　人

用什么偿还这个冬天

偿还六颗星星
半枚远离人间的薄月

用什么偿还
一潭发自地心的水　脉络曲折
地球冷硬的皮肤也湿热了

用什么偿还我寒冷的颤抖
不肯抽身的摄氏 40 度

多么燥热
多么雾霭融合

但要小心：
别做出水芙蓉
别做勇敢的抗衡者

别被现世的冷气一下子击倒

成为中国病人

笨拙的叙述

进入一些丝棉
皮制的　冷暖隔膜的鞋子
一部分从动物身上移下来
即将包裹我的毛发

从时间的夹缝里抽出刀子
落下时间的刀鞘

我　还在步行
还会用铅笔写信
还存着半根蜡烛
通过笨拙的叙述，表达虚弱的思念

我知道

雪已经化了
大地露出大地的样子

一些低头赶路的人　奋力蹬车的人
身体越发凉了

他们手心里攥着一丝蒸气
轻薄的　一松手就会飘飞的幸福

手心紧紧攥着的，还有我，紧紧怜惜着冬天
和冬天所有的冷

大寒来临之前，我知道，还要沉默，要柔韧
要一点一点，收得更紧……

我准备收养一只猫

昨晚，我们在餐桌旁商量
收养一只名叫白菜的猫

现在，它在和平里的一座房子里
过群聚生活
吃糠咽菜　被大猫欺负
被公猫惦记
它还小　没有成人
不懂得爱情

我们要让它过上正常的幸福生活
成家立业　生儿育女

我们要对它负责
定期洗澡　提供猫粮
不能因为它的游手好闲
抵消它的优点
瓦蓝的眼睛

从惊恐变得悠然
甚至有些清高
花了太久的时间

我们要惯着它
一辈子
宁可让它错误地死去
也别像我们
还在努力寻找正确的活法！

昆虫记

这是一只多动的蚂蚁
曲曲折折　钻进拉链的缝隙

眼前漆黑
一丝银光　照亮了它的前程

跨过两片纸巾　一支圆珠笔
来回掉头——这些并非它的生活所在

跨过一把木梳　一支口红　一个掉了漆
　的旧发卡
嗅了嗅
跨过几张名片　一沓冥币
它愣住了
它的见识远不及识别这笔奇异的财富
只想尽快抄起巨款　消费殆尽

怀揣憧憬，它跨进一本通讯录
——卷了角的黑皮本
在第一个人的姓名上
闻了闻
在三点水的偏旁上　闻了闻
在每一横每一竖上　闻了闻
那个人　是腰酸背痛　两千公里外
一个不孝之女的父亲

它从第一页钻到中间一页
在另一个名字和电话号码上
左右触碰
这串数字　通往另一个世界
这个名字　曾经挤在一所中学的花名册上
现在
躺在殡仪馆

继续爬呀
它爬过了一个商家　一个官家　一个诗家
　　　　一个能说会道的　一个沉默寡言的
　　　　一个幸福的　一个忧郁的
　　　　一个拆散别人家庭的
　　　　一个爱钱如命的　和一个

视金钱如粪土的

一个剃头的　一个磨刀的
一个跑保险的　一个挖金矿的
一个画国画的　一个演话剧的
一个写剧本的　一个唱秦腔的
一个老不正经　一个少不更事

……

它爬过了整个世界
掉个头　趔趄着　爬了出来……

走　兽

植被茂盛的原始森林，种群丰富
动物们守护着生物链
它隶属猫科
是一只猎豹，一只狮子，或者一只老虎
它是一只孤独的走兽
要顽强地活下去
就得昼伏夜出
经常几天扑不到食
饿着肚子生命垂危
绝望时，看着脚下爬行的蚂蚁
蚂蚱和蜗牛
活得比它还艰辛
它们日夜劳作，生儿育女
一面挖掘家园
一面被又一次的山洪颠覆
那些在空中飞舞的鸟儿和蜜蜂，稍好一些
它们把巢筑在半空
只要不掉到地面

与这个世界拉开距离
世界就不能把它们怎样
它曾经的配偶——一只雄性走兽
在森林里走散了
它们各自觅食
它不停爬树
用弯曲的爪子和不折不扣的食肉性
活了下来

但要小心
当它接近谁的肉体
谁就会遇到真正的麻烦

遗　失

秋天的庭院一天天破败
高处的鸟巢倦于啾啼
飞散的枯叶像几个亲人的眼神

一个匆匆赶路的人找不到去处
没人指给她方向
一本泛黄的书籍压在枕边
折了角的一页　像她的
一次翻身
也像一次消失

没人指给她方向
但她嗅到了什么
那是四野泛着的地气
路在赶路人脚下越走越远
路要跑起来了
很快
将她遗失在人间……

白话文

两对夫妻在打牌
一个婴儿睡着了
长胡子的男人像个艺术家
我的隔壁　是个罪犯
手臂铐在护栏上
四个警察　喝啤酒
中年妇女　穿着考究
说要去大使馆办签证
她说话咬字不清
舌头跟牙齿打得厉害

火车减速　连续穿越隧洞
和村庄
一座房舍后墙写了三条标语：
　发现有人触电，快用干木挑开线
　共产党永远和人民心连心
　专治结巴舌

这是中国

不加形容词的中国

不抒情　不想象

不必用写诗的手法

说几句可说可不说的话

兰　州

一个名词
一个地方名词
深褐色的两道皱褶里
夹着浑浊的河水
河水卷过沉重的方言
方言说出的爱情
爱情结出的果实

远远走来的双亲，牵着手
比初恋还要依赖，还要相互需要

在这个名词里
我们还在走弯弯曲曲的路
呼吸　沐浴　沉沦　消隐
耗尽了所有的青春
和全部的酸楚和悲悯……

返老还童

易怒　任性
耍小孩脾气
反复多次地说一句话……

耄耋之年　父亲
回到童年

哄他高兴　我们恪守职责
我们早已长大
远离了天真　和　气球
满身腐朽

父亲
却开始欢快地
眯着白内障的瞳孔
再也看不到　我们随时刮过的一片
忧伤……

收　据

无意中发现一张收据
印有“要斗私批修”

25 元　领得一套燃气灶
25 元　一笔巨款

在乡下　能娶媳妇
在城里　能打家具

那一年　我存了 5 角
5 角钱
能买 10 根奶油冰棍
12.5 根白糖冰棍
16.6 根黑糖冰棍

而爸爸的这张收据
至今未被退回
与这张押金条　变成了

坏账

和灰烬

这么多年
我一直在想：这笔巨款
落在了谁的手里？

偿　还

把我偿还给一个家
一个曾被掏空，又渐渐填补的家
我要偿还给它炊烟　食物
四季分明的衣裳
孩子的尖叫，匀称的鼾声
窗外随意过往的行人，愿他们
对真诚真诚一些
对虚假虚假一些
让我把外衣偿还给内衣
内衣偿还给身体
身体偿还给心灵
对爱再爱一些
在蹒跚的路上，搀扶好后半生
为曾经明知故犯的错误　付出
偿还的代价

旧手表

只剩半根表带了　落满灰尘
在抽屉底层
早就停了

它停在一个时间　像那个时间的
楔子
扎得很深

我已离开那个时间　又离开更多的
时间

我看到了这只手表
此时
我更像一只不停前行的表
而它　却是停在过去某个时刻的我

想　念

我又在冬夜开始想念乡村
那些我从未到过的乡村
从未嗅过的麦秸气味　燃烧后
炊烟的气味
渐渐靠近神祇的气味

我还想念乡村旁白桦林的气味
我从未到过那片已脱了叶的树林
萧瑟　孤寂
像我某些年的心境

一条不知名的小河　也散发出了清冷的气味
而我从未到过那条小河
她是哪家出嫁的女儿
越走越远了

我想念低矮屋檐下皱纹密布的
那对老夫妻

我从未见过他们
可我听到他们在灯下算计时令与祭祀
他们身体中散发出的命运的气味
清淡　微弱
像窗外静静落下的白雪……

磨　刀

磨刀匠停在风中
等待被岁月摧毁的锋刃

又黑又重　一把刀
——厨子毕生的宝物

被羊的骨头咬掉了白刃
又黑又重

磨刀匠
仔细刮拭着刀刃
像疼惜自己的婴儿

这双糙手
在风中，陡然放出了柔软的光芒

阿拉丁神灯

一个静谧的人
边走边摇晃着身体里的水
——有毒的水，甜蜜的水，酒的水
易燃易爆的水！

城　市

深夜
指挥交通的妇女
半裸着上身
丐帮老大
威严地收受来路不明的银子
叫花子四平八稳　沿街乞讨
说唱艺人拖家带口
简易音箱　嘴衔口琴　脚击锣鼓
意气风发的路人
在想象中想象
在欢呼雀跃中　收紧了胸膛里呐喊
　的风……

大成就

所有被单晾晒出去
是一周最大的成就
望着左边的天空　右边的太阳
夹在它们中间
我像一粒可有可无的痣
随时会被挖掉
但依然会存活良久

刹　那

一个男人　睡着了

只停一分
有人下
有人上

这个男人睡着了
还有十秒
这个男人　睡着了
五秒
四秒

男人
噻的窜起
冲出车门

——一个好端端的人
突然，就没了

伪生活

我要向生活低头!
是它教会了我流泪和擦掉泪水
教会我微笑着说出谎言
教会我背信弃义还要堂皇地出门
教会我
暗地里诅咒诅咒过我的那个人

我要向生活低头!
是它教会了我如何爱一个人和毁灭一个人
教会我砸碎一只完美的花瓶
然后守着一地的残骸咬紧牙关

我怎能不向生活低头啊!
它教会了我冷漠和越发冷漠
像一只烧开又放凉了的水壶
内壁结满水垢

我还要向生活再次低头!

当那些丧失的部分越来越多
我的眼睛就越来越澄澈
等到全部都丧失了，我将
变成一个洁净的婴儿
用嘹亮的哭喊
重新扑向错失的生活

玉　镯

我梦见了石头
浮在花瓣上
一心想在温柔深处偷偷绽放

像某些幻想
枯萎后
留下花的骨头

左腕脆弱的磕碰声
让我
又多了一些对生命的担忧

日　记

今夜很好
有漫不经心的雨声飘过
有漫不经心的音乐
来回抚摸

一扇窗内正经历着我曾经经历的
一扇窗内正经历着我即将经历的
今夜很好

蜘蛛正在睡觉
一双鞋　找到了一双赤裸多欲的脚

今夜很好

活　着

活着
与一顿偶尔的晚餐半杯葡萄酒有关
与一根蜡烛的昏暗有关
与一场疾病四处求医有关
与一个孩子冲你傻笑有关
与有关有关

牵着自己的手　坐下
落叶一般
耐心地
慢慢丢失着水分

初　潮

压了一整年的纸灯笼
被拉开了

盼望天黑的小女孩
钻进漆黑的方向

皱褶里的音乐
层层叠叠的心事
明明灭灭

窗外　雪正大
雪
掩埋了所有的路
露出不怕冷的事物

感　激

每一声尖叫
都来自
落叶背面

我身体的某处
正疼着

翻过秋天
最后一根火柴
只一下
就擦亮了爱的天堂

由腊月十四这天想到的

腊月十四这天
人们已筹备过年
我从一个梦境跨入另一个梦境
抽出半截身体　另一半

陷入某个夏日的黄昏，那儿
小鸟还没有停止私语
叶子和枝的关系显得更加紧密
我　没能用稳健的目光
扶住自己的影子　在错觉里
产生错觉　月光

在另一个锐角抚摸艳丽的爱情
一点点暗下去的一天　像不像
一点点暗下去的一年　像不像
一点点暗下去的一生？

迎　风

深冬的冷风
吹乱了我的头发
和头发里一些纷乱的思想

我那没活过十岁的弟弟
混杂在行色匆匆的人流中
我的姥姥　粽子般的小脚走向远方

远离你们
才能感觉到你们的存在
我在风中沉默寡言
那始终送不出的慰藉的话
在我身体里扎下执拗的根

雨

把天空的一个结系紧
把忧伤拉得更低

把久置的心弦悄悄拨响
让我听到虚弱和喘息

缓慢的日子有些贫乏
加剧着我的不安和恐惧

还有什么比夜里被人忽视
更令人羞愧

一枕春梦发芽
两朵梨花亲吻

时间的叶子落地为泥……

剥　落

像老宅的墙面
记忆，一片片落下来

一个晦暗不明的手势
像一层水下熟睡的鱼

一只眼镜注视着这些
内心
大片大片的花　绽成了
大片大片的疤

苹　果

向贪婪的嘴唇献媚
竞相粉碎与杀机密布的牙缝

哪双手剥光果皮　再找到果芯
借助了哪一柄带刃的工具？

我的经历，正被什么剖割着
疼痛着
但一缕一缕　散出了果香……

画　外

我的水果很鲜嫩的时刻
我的肌肤很饥渴的时刻

我的房子很温暖的时刻
我的肢体很冰凉的时刻

我的装束很靓丽的时刻
我的灵魂很苍白的时刻

我的多情的时刻
我的呆板的时刻
我的享乐的时刻
我的磨难的时刻
我的一脚跨进日子
又　赶紧收回脚　站在日子以外的时刻

我是我的时刻
我的枷锁

在一个人的生产中分娩自己

过去的日子是有点凄凉的
没有木柴点燃一堆炉火

一只鸟儿在新筑的巢中
等待另一只鸟儿归来

枝杈上挂着的果实
色彩暗下去了

一些值得关照的生命
没能顺利地进入收获的篮子

用受孕　结出秋天最后一枚果实
在一个人的生产中分娩自己

隐　含

雨还没有下
天越来越干净
我们蹑着双脚，怕踩疼已经怀孕的种子

我们怀里的百合已经开了
一些必然背后的奇迹
使剩下的偶然
又让我们奇迹般遇见

远处匆匆赶来的春雨
还没惊醒这里的睡眠
瞧，梦下面的根
隐含着多么固执的期盼

窗　外

三棵老树
四只麻雀
五个民工
一对夫妻

阳台上高悬着胸衣
是幸与不幸的歇息
裸着上身的男人
若无其事　若有所思

哑巴睡着了　街巷安静下来
少年弹跳着走过
他的道路不短也不平坦
沉默的浪人
偶尔停下
空洞的眼睛深不见底

只有儿童

尖叫着跌倒

惊醒了阳光下打盹的老人

羊

在赶往你的途中
寒风取走了身体的火

咳嗽　疼痛
与升上来的热度展开搏斗；

已经赶往你，却无法返回
像一只驯服的羊，
服下你递过来的草

你又割了些草
放在圈边
像一只长了胡须的公羊，靠着我
卧下来

虚　无

想好了　清晨吻你
如果你已出生

或者尚未出生
尚未来到这个世间　还是决定
清晨吻你
在阳光穿透雾霭之前
在我们的手渐渐松开之前

你是一个并不存在的人　我却迷恋于你
与你相爱　相守
但不相互疗伤
也不伤害

……我慢慢等待着我们的出生

能　力

在这间屋子里三天了
三天了　不出门

徘徊
或坐下
点燃一支烟
进入下一段写作

握住一团空气　躺下
渐渐步入睡眠
和遗忘

近　视

试着领悟
掀开这个世界的侧面　背面
弥补自身的无知

试着想起那些温暖
用温暖抵御冰冷
比修辞还要空洞的想象

试着捕捉瞬间
情景再现

试着做一个笨拙的观众
快乐和满足就容易抵达

试着
不告诉自己
用一只手捂住另一只眼
——世界泛着朦胧的光芒

——这最后的美！

耐　心

在水面　在云端
多么快的滑动，多么迷人
弯道，巨大抛物线
贴紧地面、铁轨
（贴着坚硬厚重的事物，是我越来越小的
　追求）

列车尚未熄灯，看不见黑漆漆的苍穹
这些年
迷恋往返其中
一面耐心消磨意志，一面
渐渐稳住了自己

躺在中铺
列车才刚启程
一个终点的人，才刚燃起
等待的火焰……

定　义

背转身　或远远的
空茫但存在
不惯于拥有　也难以忍受
被放弃
抑或一个闪身
挡在命运的交叉路口

是一首写实主义的诗
无处发表
如果
站在反方向审视人生
我看见　春天的柳絮
飘飞得既温暖又仓皇

大　火

用疲惫忧郁的身体爱你
是最简捷深厚的爱

暗夜深处
一道闪电
或许，转瞬即逝
或许，引燃一场大火

——如果，最终的归宿只是灰烬
　　只是
　　什么也没有发生的外表下
　　藏着的细节

移动的树

人群中，我走着
像一棵树——

一个人的孤独是自己走出来的
一棵树的孤独是季节逼出来的

冬天的手停在了空中
还有什么不能发芽？

鱼

夜空挂起了星星
我挂起了外衣

蜡烛忽闪
学着鱼的样子
藏在水里

一言不发　才
心如止水

鱼的样子就是我的样子
我们就这样　藏在
水的心里

一滴水

一滴水远离夏天
蚂蚁　远离食物

一滴水
远离自己
四处寻找最硬的物质

一滴会流泪的水
将云的企图
忽略在　闪电根部

并　非

有人在尖叫
但不是我在生育

有人在饮酒
但不是我在沉醉

有人指着太阳
但不是我的方向

一个女人在笑
但不是我的欢乐

一个女人彻夜难眠
不是我找到了爱

一个诗人死了
并不是我的重生！

姿　态

醉了
不着急站起
躺下　也是一种姿态
不敢入诗　便入梦
今天做一回自己的
英雄

宠　爱

她扭来扭去的小腰
光滑的　没人能握得住
她圆圆鼓鼓的眼睛
撩人的　没人能抵得住
她一闪一闪的红旗袍
刺目的　没人能压得住
她一串一串的小水泡
温情的　没人能静得住

他盯着看她
就抛媚眼给他
让他觉得没白疼她
她知道　当她奄奄一息
只有他的眼里
会渗出两滴泪
染咸一缸的清水

又一年

三月了
还没有开始写作

四月　五月
接下来的四年　五年
甚至几十年
我都可能无法正确描述这个世界

这个静止不动的世界
瞬息万变
——踱步于意义之外
踟蹰于意义之中
一不留神　我竟穿过了整个一生！

流　年

在黝黑安详的夜里
在人类的侧面　在
时间的另一边——

还是那个清瘦忧郁的少年
集体主义的狂欢之夜
难掩我的忧伤
和对那个时代
既敬畏又难舍的　不谙世事的心

我必须感谢时间
感谢它握着隐形的刀柄　对我们
毫不留情
对所有的爱　刻下了疤痕

我承认　我是需要力量的
——在这陡峭的人间
　　在我们日渐成熟的危险里

相认

相拥……

春　天

带来温暖
也带来沙尘

带来祈祷
也带来忏悔

带来种族割据
也带来世界大同

带来澳洲大陆　我那失散多年的亲人
北半球与南半球的季候之风
战争与安宁

带来我爱的人
恰好　也开始爱我……

咖　啡

把中药当做咖啡
喝下它的黑
和苦

咖啡杯　盛满了肩周炎
生死相依的颈椎病
不离不弃
像我生命里不可告人的苦难
既要默默隐忍
又要将它们　紧紧珍藏！

疑　惑

我突然疑惑　街心的钢结构建筑
高耸起来了
也突然疑惑　邻家的婴儿
发育了乳房
我还疑惑
过去的十年　好似从未发生
（我那糊涂的青年时代
毫无自知之明）

农人去了哪里
只留下泥土的方言
和少量朴素的家族关系

我一面撤离　一面扎下根去
有时思考着自己的葬礼
有时　参加一场跨国婚礼

坐在春天的窗前

目送向西或向东的列车——
　连接欧亚大陆和南亚板块
我所在的省份
放羊的仍在放羊
失学的仍没有新衣

公民们的养老保险　收入陷阱
空洞国度执着的百姓
在傍晚的餐桌旁
又一次燃起了对人生的憧憬……

亦真亦假

我在京城居住了十年
却像是根本没住过

我努力回忆着每一个街口
都像是前朝的名称

那里每周都发生聚会
高雅　温情　批判主义的吹捧

我挺喜欢当地黎民
爱国　热心　尤其小脚老太

我也同情满街的青年
他们来自五湖四海　睡地下室

架子床
用足够的时光耗费着梦想

还有那勃起的 GDP

多么雄壮　坚挺　让美少女失魂落魄

大国气象啊

我还担心什么

干净的眼神　不要识破　不要自毁

他们远方的双亲

——这个可爱时代的双亲

正准备安详地度过晚年

笔　名

我姓沙
真的
我真的姓沙

这是我原名
不是笔名
我没有笔名
还没来得及起笔名
也用不着起笔名
就用原名

诗人大都有笔名
都比原名魔幻　曼妙
我也想起一个
想了好多年
也没想出一个好的

也没我的原名
更像笔名

图书在版编目（CIP）数据

夜书 / 沙戈著 . --兰州：甘肃文化出版社，2016. 4

ISBN 978-7-5490-1055-4

Ⅰ. ①夜… Ⅱ. ①沙… Ⅲ. ①诗集—中国—当代 Ⅳ. ①I227

中国版本图书馆CIP数据核字（2016）第082749号

夜书

沙戈 | 著

责任编辑 | 原彦平　李园
装帧设计 | 陈晓燕

出版发行 | 甘肃文化出版社
网　　址 | http://www.gswenhua.cn
投稿邮箱 | press@gswenhua.cn
地　　址 | 兰州市城关区曹家巷 1 号　730030（邮编）

营销中心 | 王　俊　贾　莉
电　　话 | 0931-8454870　8430531（传真）

印　　刷 | 兰州新华印刷厂
开　　本 | 889 毫米 ×1194 毫米　1/32
字　　数 | 95 千
印　　张 | 6.875
版　　次 | 2016 年 6 月第 1 版
印　　次 | 2016 年 6 月第 1 次
书　　号 | ISBN 978-7-5490-1055-4
定　　价 | 32.00 元